LE DÉCRI.

CONTE.

M. DCC. LXII.

AVERTISSEMENT.

On assure que le fonds de cette histoire a pris sa source en Champagne. On nommoit même, autrefois, le Troyen qui en fut le principal personnage. On l'a racontée depuis peu, augmentée de circonstances analogues aux affaires présentes, & comme nouvellement arrivée à Bordeaux ; ce qui la rend plus extraordinaire, & doit lui donner un nouveau mérite.

On auroit pu l'enrichir de Notes. *Mais un auteur connu, bon poëte, &, peut-être, antago-*

niste de M. DE *V*OLTAIRE, *a fait remarquer qu'H*OMERE, *V*IRGILE, *H*ORACE, &c. *ne s'avisoient point de faire des* Notes. *Ils croyoient avoir des lecteurs intelligens & capables de les entendre. On nous pardonnera bien de penser un moment comme ces grands-hommes.*

LE DÉCRI.

CONTE.

On dit que la métempſycoſe
Tient encore en quelques pays.
Ce n'eſt pas, je penſe, à Paris
Qu'on eſt crédule ſur la choſe.
Mais, on ſçait qu'il eſt des eſprits
De toute couleur & nuance :
Il peut bien s'en trouver en France,
Qui, d'un ſyſtême, ſoient épris,
Quelque abſurde qu'il nous paroiſſe.
Soit ignorance, ſoit pareſſe,
Bien des gens croient ce qu'on dit :
La preuve en eſt en ce récit.

Un paysan de la Garonne
Etoit d'une ame simple & bonne,
A peu près, comme un Champenois.
(Gascon, d'ordinaire, est matois.
Il n'est pas aisé de lui vendre
Du poivre, au lieu de coriandre.)
Celui-ci, voulant se monter,
En foire, venoit d'acheter
Un baudet, le fils d'une ânesse.
Il étoit de la grosse espèce,
Et lui coûtoit vingt-quatre écus;
Peut être quelques sols de plus:
Car, à tous marchés, il faut boire;
C'est l'étiquette de la foire.

Quoiqu'il en soit, notre Gascon
S'en retournoit à sa façon,
A pied, & pensant en son ame
A ce qu'il diroit à sa femme,
Si, par caprice, elle trouvoit
Le marché trop cher. Il rêvoit,

Tenant ſon âne par la bride,
Quand deux voleurs, de cœur avide,
Apperçurent cet animal,
Suivant ſon maître à pas égal.
Il n'étoit aiſé d'entreprendre
De faire une alte, & de le prendre;
Du village on n'étoit pas loin;
Quelqu'un pouvoit être témoin
De ce vol fait à force ouverte:
Or, la potence déconcerte,
Même, les eſprits les plus fins.
Comme ils étoient maîtres Gonins;
L'un d'eux trouva ce ſtratagême.
» Tiens, je vais me mettre moi-même;
Dit-il à l'autre compagnon,
» A la place de cet ânon.
» Toi, vers le logis, ſois ſon guide.
A l'inſtant même, il vous débride
Cet animal qui n'en dit mot.
Après quoi, ſans faire le ſot,

Il ſe met le licol en tête;
Et pas à pas, comme la bête,
Suit ſon homme, toujours penſant.
Le maître, à la fin, s'aviſant,
Et prêt d'entrer dans le village,
Se tourne pour voir le viſage
Et l'encolure du griſon.
Mais, ô ciel! quelle trahiſon!
Quand, au lieu d'une bête aſine,
Il voit & la forme & la mine
D'un homme tout ſemblable à lui.
Il croit rêver; comme, aujourd'hui,
Plus d'un ſage ſe l'imagine,
Quand il voit mainte coulevrine,
Entre les mains des Parlemens,
Faire trembler certaines gens.
Le payſan, tout en extaſe,
A peine peut dire une phraſe.
» Mon âne..... : Où l'avez-vous lié?
L'homme, d'un air humilié,

eplique par ce coq-à-l'âne.

» C'eſt moi, monſieur, qui ſuis votre âne.
» Du moins je l'étois ce matin,
Que vous m'achetiez, bourſe en main.
» Ne vous mettez point en colère :
» Je vais dire tout le myſtère
» Qui vous produit ce changement.
» Ecoutez deux mots ſeulement.

» En moi, vous voyez un Jesuite.
Que ce nom-là ne vous irrite :
» Je ne ſuis plus pour vous tromper.
» Nos Pères m'ont fait occuper,
» A Bordeaux, la meilleure place
» Qui puiſſe exempter de beſace.
» Je fus dix ans leur procureur,
» Et de moi-même aſſez voleur.
» Or, une affaire d'importance,
» Qui friſoit, dit-on, la *potence*,
» Avec le public m'engagea.
» Mais, bientôt, on m'en dégagea;

» En me faisant changer de forme.
» Chez nous, la puissance est énorme;
» Et notre illustre Général,
» Au monde, n'a point son égal.
» Il commande au Pape, à Dieu même.
» En lui le pouvoir est extrême;
» Et, quand il parle, d'un seul mot,
» Il fait un grand homme d'un sot,
» D'un homme d'esprit, une bête.
» Il forme, ou détruit la tempête,
» Suivant que chez lui l'on a tort.
» Il a droit de vie & de mort.
» Il m'avoit prescrit, pour ma peine,
» De quitter la figure humaine,
» Pendant dix ans; &, pour régal,
» De brouter comme un animal.
» La chose n'est pas sans exemples.
» Nous avons des livres fort amples,
» Qui nous apprennent qu'autrefois
» Plus d'un subit les mêmes loix.

» Si vous avez lu mainte hiſtoire ;
» Vous n'aurez par de peine à croire
» Qu'un loup-garou, comme un forçat,
» Revienne à ſon premier état.
» Après dix ans de pénitence,
» J'ai donc repris mon exiſtence.
» Mais, mon argent, qui le rendra ?
» Dit le manant. Il me faudra.....
» Ah, monſieur, c'eſt choſe équitable,
» Dit le voleur. Je ſuis bon diable.
» Que vous coûtai-je en louis d'or ?
» S'il faut vous en donner encor
» Dix par-deſſus, je fais promeſſe
» Que, demain matin, à la caiſſe
» Des Bénits-Pères de Bordeaux,
» Vous aurez l'eſprit en repos.
» Venez me voir à la procure.
» Demandez Père Turelure ;
» C'eſt le nom du pauvre docteur,
» A préſent votre ſerviteur.

Le payſan ſimple, docile,
Ou, pour le mieux dire, imbécile,
Eſpérant bien avoir de quoi,
Laiſſe aller l'homme ſur, ſa foi.
A ſa femme il conte l'affaire;
Et, pour preuve la plus entière,
De l'âne il montre le licou.
Sa femme le prend pour un fou;
Dans la maiſon fait le tapage;
Crie, appelle le voiſinage:
Dit que ſon mari perd ſon bien;
Qu'il faut enfermer ce vaurien;
Qu'il diſſipe, en une journée,
Plus qu'il ne gagne en une année.
Elle conte tous ſes malheurs;
Et finit par verſer des pleurs.

Le Curé, qui de haſard paſſe,
Croit que c'eſt quelqu'un qui trépaſſe,
Il s'arrête dans la maiſon.
De tout ſe fait rendre raiſon.

Mais, quand il eut appris l'hiſtoire;
» Moi, dit-il, qui lis le grimoire,
» J'ai vu, ſouvent, que de tels cas
» Sont arrivés. Tout l'embarras
» N'eſt pas qu'on puiſſe le comprendre.
» Le vrai point eſt de faire rendre
» L'argent qu'il vous en a coûté.
» J'ai lu, dans certain arrêté
» D'un PARLEMENT, que la parole
» De ces JESUITES eſt frivole;
» Et que tout homme eſt fort heureux,
» Qui n'a point de priſe avec eux.
» Mais, à préſent, dame JUSTICE
» Sçait ſe moquer de leur caprice.
Ce diſcours, d'un ton aſſez doux,
Mit la paix entre les époux.
Chacun rentra dans ſa chaumière;
Et le Paſteur au preſbytère.

LE lendemain, dès le matin,
Le maître de l'âne, incertain

Si l'on ne lui feroit pas gille,
De ſon manoir, court à la ville.
Dans le chemin, il s'informoit
Si ſon débiteur ſe nommoit
Le père de LA TURELURE.
On lui dit ; le père DE BURE.
C'étoit, en effet, le vrai nom
Du procureur de la maiſon,
Sçavoir de la Maiſon profeſſe.
Notre homme, alors, plein d'allégreſſe,
Sur le nom, croit qu'il s'eſt trompé;
Et, de ſon argent occupé,
Le compte déjà dans ſa poche.
Lui-même, il ſe fait un reproche
De ce qu'il oſoit héſiter.
» Il ne faut point ſe rebuter,
» Dit-il, dans toutes les affaires.
» D'ailleurs, pour garans, j'ai les Pères :
» On l'a, dit-on, ainſi jugé.
Il entre avec ce préjugé;

Demande, & trouve la cellule
Du Père, qui deux pas recule ;
Quand il entend ce gros manant
Qui lui demande ſon argent.
» Votre argent ? dites-vous, bon-homme :
» Je ne vous connois, ni de Rome,
» Ni de Paris, ni de Bordeaux.
» Le vin vous a rendu diſpos ;
» Ou votre cerveau ſe dérange.
» Allez cuver votre vendange ;
» Et prenez un peu de repos.
Le manant trouve ce propos
Mauvais, tout-à-fait hors de place ;
Il reprend l'hiſtoire, & menace
Le Père de le dénoncer
Au Juge, qui peut le forcer.
» Je n'ai pas perdu la mémoire,
» Dit-il. C'eſt bien vous qu'âne, en foire,
» J'ai payé de vingt-quatre écus,
» Sans en rabbattre un carolus,

» Rendez : ſinon, je dis la choſe
» Au Public qui fera la *gloſe.*
» Vous n'ignorez pas qu'aujourd'hui
» Vous n'êtes pas trop bien chez lui.
Le Procureur, mal à ſon aiſe
D'entendre, au long, ce grand Nicaiſe
Contre lui dreſſer un journal,
Crut voir d'où venoit tout le mal.
» C'eſt un vrai tour de *Janſéniſte*,
» Dit-il : On nous ſuit à la piſte.
» Sauvons, devant cet hébêté,
» L'honneur de la Société.
» Il faut qu'avec lui je compoſe.
Et, dans l'inſtant même, il propoſe
Douze livres au payſan.
» Douze francs ! C'eſt bon pour un *Jean*.....
» Comme vous, dit-il à ce Père.
» Sçachez que je m'appelle Pierre.
» Trois bons louis vous me coûtez ;
» Je veux les avoir. Ecoutez :

» C'eſt encore vous faire grace.
» Il m'en faudroit douze ; mais, paſſe
» Pour cette fois-ci ſeulement.
» Une autrefois, aſſurément,
» Je n'en rabbattrai d'une obole ;
» Je vous en donne ma parole.
Le diſciple de Loyola,
Obligé d'en paſſer par-là,
Lui compta cette ſomme entière ;
Lui faiſant inſtante prière
De tenir la choſe en ſecret.
» Oui dà. Je ſerai fort diſcret :
» Si ma femme n'a pas, d'avance.....
Le Père, à ce mot d'imprudence,
Eût voulu retenir l'argent.
Mais, notre homme, dans cet inſtant,
L'avoit mis dans ſa chemiſette ;
Et, voyant ſon affaire faite,
S'en alloit, le cœur ſatisfait,
Acheter un autre baudet.

Ce jour-là même, étoit la foire
Que l'on nomme de Saint-Grégoire :
Foire célèbre dans Bordeaux.
On y vendoit des bestiaux,
De tout genre & de toute espèce :
Cet homme, en voulant avoir pièce,
Tout droit aux ânes s'en alla.
A peine il y fut, que voilà
Qu'il croit voir le père De Bure.
C'étoit l'âne de l'aventure,
Que l'autre voleur amenoit
Pour en tirer le prix au net.
Celui-ci reconnoît notre homme;
» Prenez cette bête de somme,
Dit-il au paysan surpris;
» Je puis vous en faire un bon prix.
Le bon manant regarde, hésite.
» Non; je ne veux point d'un Jesuite :
» C'est trop sujet à caution.....
» Cependant, par compassion.

» Si ſa *pénitence* eſt durable,
» Je pourrai..... La choſe eſt faiſable,
» Dit le voleur; c'eſt pour *vingt ans.*
» Quel eſt le prix? Quarante francs.
» Taupe : c'eſt affaire conclue.
» Mais, garantiſſez-moi la mue.
» Allez, vous ſerez très-content.
L'acheteur donne ſon argent,
Et, déjà, ne ſe ſent pas d'aiſe.
Il monte ſur l'âne à ſon aiſe,
Et s'en retourne à la maiſon.
En arrivant, il fait raiſon
A ſa femme de ce qui reſte
De l'argent. Mais la femme peſte;
Et fait un double carillon.
Or, le motif, le croiroit-on?
Cet âne étoit de *contrebande.*
On feroit bientôt à l'amende;
Ou, dans peu de jours, il faudroit
Reſtituer ce qu'on auroit

Acheté de sa COMPAGNIE.
» J'entens, déjà, l'ARREST qu'on crie,
» Dit-elle. Vîte, hors de céans;
» Demain, il ne sera plus temps.
Au bruit que faisoit la Mégère,
L'âne, étonné, se met à braire
D'une singulière façon.
Le village, à cette chanson,
Accourt. Le Curé vient lui-même;
De la femme approuve le thême:
Au mari, bien extasié,
Fait voir un décri de moitié
Sur le baudet, d'un jour à l'autre.
Puis, pérorant, comme un apôtre,
Il assure que, dans trois mois,
On ne donnera sol tournois
D'un IGNATIEN, dans la France;
Qu'on doit se défaire, d'avance,
De ce qui vient de cette part.
A ces mots, le paysan part;

Pique ſon âne, & le remène
Droit au marché, l'eſprit en peine;
De ſçavoir comment il pourroit
Le vendre; & combien il perdroit
Sur ſi mauvaiſe marchandiſe.

La place étoit près d'une égliſe.
En arrivant, *Martin Baudet*,
Qui crut qu'on ne le ramenoit
Que pour le mettre à l'écurie,
La prit pour une hôtellerie;
Et s'arrêtoit obſtinément.
» Bon! dit l'homme, tout juſtement!
» Voilà ſon ancienne manie.
» Il veut jouer la comédie:
» Mais, à préſent, foin des talens.
Alors, il lui preſſe les flancs,
Le pouſſe au milieu de la foire,
L'expoſe en vente, tait l'hiſtoire,
Et le livre au premier venu,
Pour dix écus, prix convenu.

C'étoit bien perdre une piſtole.
Or, le payſan s'en conſole
En bûvant le vin du marché,
Sûr de n'être point recherché.
Mais, dans le vin, ſa conſcience
Lui fit reproche du ſilence
Qu'il gardoit au pauvre marchand,
Qu'il trompoit à ſon eſcient.
Alors, ne pouvant plus ſe taire,
Il lui dévoile le myſtère;
Et lui dit la raiſon pourquoi
En l'âne il n'avoit plus de foi.
L'autre, d'abord, n'en fit que rire.
Mais, craignant qu'un mal encor pire
Ne fût en lui vice d'état,
Et n'eût mis l'âne hors de combat,
Il vouloit r'avoir ſa finance.
Le payſan fait réſiſtance;
Et, pour décider le débat
Se laiſſe conduire au JURAT.

Il redit, là, toute l'affaire.
On en rit : &, pour s'en défaire,
Le JUGE les mit hors de cour.
Depuis ce temps, la fable court,
Et se promène par le monde.
C'est ainsi que l'esprit immonde,
Qui fait mal, à propos de rien,
Va, décriant les gens de bien.

N.

www.ingramcontent.com/pod-product-compliance
Ingram Content Group UK Ltd.
Pitfield, Milton Keynes, MK11 3LW, UK
UKHW021155230726
13926UKWH00001B/116